(N° 324)

COLLECTION DE MONSIEUR G. V***

Vente du Lundi 23 Mars 1914

HOTEL DROUOT — SALLE N° 7

N° 30 du Catalogue.

TABLEAUX & DESSINS

OBJETS D'ART

Mᵉ ANDRÉ DESVOUGES. M. LOYS DELTEIL

EXPOSITION PUBLIQUE, HOTEL DROUOT, SALLE N° 7
Le Dimanche 22 Mars 1914, de 2 heures à 6 heures

FRAZIER-SOYE

GRAVEUR-IMPRIMEUR

153-157, RUE MONTMARTRE

PARIS

CATALOGUE

DES

TABLEAUX

ET

DESSINS

ANCIENS & MODERNES

Par ou attribués à :

H. BOL, F. BOUCHER, CLODION, DEMARNE, F. FRANCK,
F. LEMOYNE, LOUTHERBOURG.
G. LUNDENS, LOUIS MOREAU, J. Van NICKELE,
PILLEMENT, SALOMON RUISDAEL, PERNET, D.TIEPOLO, etc.

OBJETS D'ART

IVOIRES SCULPTÉS

des XIVe, XVe, XVIe XVIIe et XVIIIe siècles

GROUPES EN TERRE CUITE du XVIIIe Siècle, etc.

Dont la vente aura lieu

à Paris, HOTEL DROUOT, Salle N° 7

Le Lundi 23 Mars 1914

à 2 heures précises

Par le Ministère de Me ANDRÉ DESVOUGES

COMMISSAIRE-PRISEUR

26, *Rue de la Grange-Batelière*

Assisté de M. LOYS DELTEIL, Graveur et Expert

2, *Rue des Beaux-Arts*

CONDITIONS DE LA VENTE

Elle sera faite au comptant.

Les adjudicataires paieront *dix pour cent* en sus des enchères.

M. LOYS DELTEIL remplira les commissions que voudront bien lui confier les amateurs ne pouvant y assister.

MM. les Amateurs pourront visiter les principales pièces de la collection, 2, *rue des Beaux-Arts*, du Vendredi 13 au Samedi 21 Mars 1914 (*les 15 et 17 Mars exceptés*).

EXPOSITION PUBLIQUE, HOTEL DROUOT, SALLE N° 7
Le Dimanche 22 Mars 1914, de 2 heures à 6 heures.

N° 21 du Catalogue.

DÉSIGNATION

PEINTURES

BONINGTON (attribué à R. P.)

1. Vue de Naples. Peinture. Toile. 260.

L. 450. H. 280.

BREUGEL LE VIEUX (École de P.)

2. La Parabole des Aveugles. Panneau. 280.

L. 500. H. 370.

DE LA BERGE (attribué à)

3. Le Moulin. A figuré à la *Centennale de 1900.*
L. 300. H. 220.

DEMARNE (Jean-Louis)

4. Le Bouquet d'arbres au bord d'une rivière. Toile. *Signée.*
H. 750. L. 630.

DUPLESSI-BERTAUX (attribué à J.)

5. Les deux Cavaliers et le mulet. Toile.
L. 185. H. 120.

ÉCOLE ANGLAISE (1re moitié du XIXe siècle)

6. Les Chaumières sur la hauteur. Toile. (Éraflure).
L. 350. H. 270.

7. La Chaumière. Toile.
L. 380. H. 280.

8. Buste d'homme.
H. 245. L. 190.

ÉCOLE ESPAGNOLE (débuts du XIXe siècle)

9. Portrait de Femme, en buste. Toile.
H. 470. L. 370.

ÉCOLE FRANÇAISE (XVe siècle)

10. Le Christ en Croix. Panneau, fond or.
L. 520. H. 450

ÉCOLE FRANÇAISE (fin du XVIe siècle)

11. Portrait d'un jeune Garçon, à mi-corps, jouant de la mandore. Peinture datée : 1598. Toile.
H. 540. L. 450.

N° 10 du Catalogue.

N° 11 du Catalogue.

N° 12 du Catalogue.

N° 4 du Catalogue.

ÉCOLE FRANÇAISE (XVIIIe siècle)

12. Les Vertus théologales, d'après Solimène. Esquisse peinte. *A figuré à l'Exposition des œuvres de Fragonard, à Nice, en 1907.* 590.

L. 480. H. 310.

13. Portrait de Femme âgée, en buste, coiffée d'un bonnet. Toile. 1.450.

H. 530. L. 400.

14. L'Aïeule. Toile. 160.

H. 700. L. 580.

15. Portrait d'un Jeune Homme. Toile (porte la signature : P. P. Prudhon pinx. 1786). 530.

16. La Bergère dans les Ruines. Toile. 115.

L. 600. H. 440.

17. Le Pont. Toile. 320.

L. 480. H. 370.

ECOLE FRANÇAISE (1re moitié du XIXe siècle)

18. Paysage accidenté. Toile.

L. 410. H. [illegible].

ECOLE HOLLANDAISE (XVIIe siècle)

19. Eventaire, poissons et légumes, avec fond de paysage. Toile. Cadre ancien. 255.

L. 770. H. 560.

FRANCK (Frans)

20. Esther et Assuérus. Panneau. Cadre ancien. 880.

L. 720. H. 580.

LE MOYNE (François)

21. La Source et sa Famille.
L. 160. H. 140.

LOUTHERBOURG (attribué à J. Ph.)

22. Le Coup de foudre.
L. 480. H. 350.

LUNDENS (Gerrit)

23. Le Retour du chasseur. Panneau. *Signé* et daté : 1644. Cadre ancien en bois sculpté.
L. 640. H. 450.

MAISTRE (Xavier de)

24. Site d'Italie. Panneau.
L. 230. H. 180.

NICKELE (Isaac)

25. Intérieur d'Église. Toile. *Signée* et datée : 1696.
H. 490. L. 400.

PEETERS (Bonaventure)

26. Le Coup de vent. Panneau. *Signé* et daté : 1648.
L. 730. H. 490.

RAOUX (attribué à Jean)

27. Jeune Homme à la collerette. Toile.
H. 610. L. 490.

RICARD (attribué à G.)

28. Portrait d'homme, d'après A. Van Dyck. Toile.
H. 500. L. 400.

RICCI (**Sébastiano**)

29. Le Martyre d'un Saint. Toile. 230.
H. 990. L. 810.

RUISDAEL (**Salomon**)

30. Les Chaumières dans un site boisé. Panneau. 2.040.
Signé du monogramme. Cadre ancien.
L. 540. H. 430.

SUBLEYRAS (**Pierre**)

31. Saint ressuscitant un mort. Toile. 215.
H. 530. L. 340.

VERDUSSEN (**Jan Peter**)

32. Le Troupeau effrayé par la foudre. Toile *signée*. 105.
H. 900. L. 680.

WATTEAU (**Ecole d'Antoine**) 810.

33. Le Ravisseur châtié. Toile.
L. 900. H. 680.

DESSINS

ADVINENT (**Etienne-Louis**)

34. Portrait de Claude Arnulphy, peintre. Crayon noir.
H. 141. L. 127.

BLAKEY (W.)

35. Milon de Crotone. A la pierre noire. *Signé.*
H. 378. L. 340.

BLONDEL

36. Un Seigneur. A la plume. *Signé.*
H. 175. L. 93.

BOL (Hans)

37. La Curée. A la plume, lavé de sépia. *Signé* et daté : 1571.
L. 281. H. 188.

BOUCHER (François)

38. La Sainte Trinité, 1765. A la plume, lavé de sépia. Collection C. R. A été gravé par S. Watts, 1771.
L. 398. H. 292.

BOUCHER (Ecole de François)

39. Groupe de cinq Amours. A la plume, lavé de bistre.
L. 158. H. 105.

40. Le Moulin à eau. Plume et encre de chine, sur papier bleu.
L. 240 H. 160.

BOUCHER (d'après François)

41. La Liseuse. Aux trois crayons.
H. 200. L. 140.

BREUGHEL (attribué à P.)

42. Le Départ pour le Marché. A la plume, lavé de bistre.
L. 190. H. 120.

BUONAROTTI (d'après Michel-Ange)

43. Figure de la Chapelle Sixtine. A la plume.
H. 258. L. 195.

CANTA-GALLINA (R.)

44. Vue de Florence ? A la plume, lavé de sépia.
L. 370. H 245.

N° 38 du Catalogue.

CASANOVA (François)

45. Le Camp. Plume et encre de chine, avec rehauts de gouache, sur papier brun.
L. 268. H. 122.

CHALLE (M. A. Charles)

46. Le Puits. Au crayon noir. *Signé.*
H. 290. L. 228.

CHATELET

47. Paysages d'Italie. Deux aquarelles.

CLODION (Claude-Michel, dit)

48. Bacchanale. Sanguine et bistre. *A figuré à la Centennale de 1900.*
L. 412. H. 363.

49. Ulysse et les prétendants. Sépia et gouache. A figuré à la *Centennale de 1900* (nº 816).
L. 450. H. 368.

50. Bacchanale. A la plume, lavé de bistre. A figuré à la *Centennale de 1900* (nº 819).
L. 565. H. 408.

DAVID (Ecole de Louis)

51. Scène de l'Histoire Romaine. A la sépia.
L. 180. H. 135.

52. L'Hommage posthume. Plume et encre de chine.
H. 240. L. 180.

DELACROIX (Eugène)

53. Figures orientales. Feuille de croquis, crayon avec rehauts. Timbré.
L. 280. H. 168.

DE MACHY (P.-A.)?

54. Excursion dans les Ruines. A l'encre de chine.
L. 382. H. 325.

N° 25 du Catalogue.

DESFRICHES (A.-Thomas)

55. Les Chaumières au bord de l'eau. Crayon noir, avec légers rehauts.

L. 310. H. 250.

56. Le Batelier. A la pierre d'Italie. *Signé* et daté : 1768.

L. 200. H. 160.

57. Le Moulin, souvenir de Hollande. A la pierre noire. *Signé* et daté : 1766.

L. 147. H. 128.

DIEU (Antoine)

58. Les derniers Moments. A la plume, lavé d'encre de chine. *Signé*.

H. 170. L. 103.

ÉCOLE ANGLAISE (fin du XVIIIe siècle)

59. Spelling Book. Encre de chine, avec rehauts.

H. 152. L. 96.

ÉCOLE FRANÇAISE (fin du XVIe siècle)

60. Portrait de Femme de qualité. Aux crayons de couleurs. Cadre ancien.

H. 266. L. 210.

ÉCOLE FRANÇAISE (XVIIIe siècle)

61. Scène de la Bible. Plume et sépia.

H. 290. L. 248.

62. Intérieur d'Église, à Rome. Aquarelle.

H. 530. L. 490.

63. Bacchante et satyres. A la plume.

H. 190. L. 172.

64. Le Duo de Musique. Encre de chine et sépia.

L. 230. H. 170.

65. C. H. de Fusée de Voisenon. A la pierre d'Italie.

H. 178. L. 126.

66. Portrait d'Homme, dans un médaillon surmonté d'un nœud de ruban. Au crayon noir.
H. 138. L. 112.

67. Tête de jeune Femme, une rose dans les cheveux. Aux trois crayons, sur papier bleu. Selon une note manuscrite, ce dessin proviendrait de la vente de La Live de Jully.
H. 300. L. 258.

68. Lever de lune. Gouache. Signée : *D. B. inv. pt 1776.*
L. 250. H. 175.

69. Les Laveuses. A la plume, lavé de bistre.
L. 445. H. 328.

70. Les Ruines Romaines. A la sanguine.
H. 400. L. 300.

ÉCOLE FRANÇAISE (milieu du XIXe siècle)

71. Paysage des Hautes-Alpes. Aquarelle. A figuré à la Centennale de 1900 comme aquarelle de Th. Rousseau, sous le n° 1298.
L. 315. H. 198.

ÉCOLE HOLLANDAISE (débuts du XIXe siècle)

72. Le Marché en plein vent. A l'encre de chine.
L. 288. H. 200.

73. Marine. Crayon noir avec légers rehauts de bistre.
L. 179. H. 130.

FRAGONARD (attribué à H.)

74. Esther et Assuérus. A la sépia. Signé et daté : 1769.
L. 345. H. 222.

HESS (Ludwig)

220. 75. Le Chemin creux. Gouache. *Signée* et datée : 1794.
L. 558. H. 416.

LAGRENÉE (J.-J. F.)

76. Frises allégoriques. Deux dessins à la plume, lavés de bistre.

LALLEMAND (attribué à J.-B.)

77. Le Vieux Pont. Aquarelle.
L. 482. H. 370.

LA RUE (L.-F. de)

78. Prise d'une Ville. A la plume, lavé de sépia. *Signé.*
L. 650. H. 460.

79. Le Sacrifice. Plume et sépia. *Signé.*
L. 320. H. 200.

80. Bacchanale. Plume et sépia. *Signée.*
L. 168. H. 80.

LOUTHERBOURG (École de P.-J. de)

81. La Foudre. A l'encre de chine, avec rehauts de gouache.
L. 525. H. 382.

MICHALLON (A. E.)

81 *bis*. Le Pont en ruine. Sépia. *Signée* et datée : *Rome 1818.*
L. 262. H. 175.

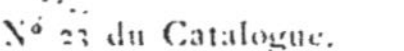

N° 23 du Catalogue.

MOREAU (Louis)

1.520. 82. Approche d'orage. Gouache. *Signée* des initiales.
L. 268. H. 190.

PASSIGNANO (Domenico da)

83. Diane découvrant la grossesse de Calisto. A la sépia. *Signé*.
L. 270. H. 180.

PÉRIGNON (Nicolas)

84. L'Église de village. Aquarelle.
L. 305. H. 170.

PERNET (P.)

85. Le Portique au bord de l'eau. Sépia. Signée.
L. 276. H. 160.

86. La Rotonde. Plume et sépia, avec légers rehauts.
H. 132. L. 96.

P. F.

87. La Basse-cour d'un Château. A la plume, lavé d'aquarelle. Signé : *P. F. 1786.*
L. 320. H. 180.

PILLEMENT (J.)

88. La Cascade — Le Passage du gué. Deux dessins au crayon noir, formant pendants.
L. (de chaque dessin) 220. H. 160.

PRUDHON (École de P.-P.)

89. Amour lisant. A la sépia.
H. 250. L. 170.

RESTOUT (Jean) ?

90. L'Ensevelissement. A la plume, lavé de sépia, avec rehauts de gouache. Collection Mariette.
L. 318. H. 202.

N° 48 du Catalogue.

ROQUEPLAN (Camille)

91. Fillette assise dans un jardin, motif décoratif. Pastel. Signé.
H. 257. L. 140.

STRY (Abraham Van)

92. Le Troupeau au pied des Ruines. Crayon noir, rehaussé d'aquarelle. 270.
L. 398. H. 320.

TIEPOLO (Domenico)

93. Groupes d'Amours. A la sépia. Signé.

H. 251. L. 182.

VELDE (attribué à Esaïas Van de)

94. L'Arrivée du voyageur. Crayon noir, lavé de sépia. *Signé* et daté : 16...

L. 405. H. 270.

VELDE (Wilhelm van den)

95. La Flotte. A la plume. *Signé*.

L. 478. H. 300.

VERDUSSEN (J. P.)

96. Combat de Cavalerie. Crayon noir avec rehauts de blanc.

L. 603. H. 340.

VERNET (d'après Carle)

97. Le Départ pour la Chasse. A la plume, rehaussé d'aquarelle.

L. 345. H. 180.

ZIEM (Félix)

98. Coin de plage. A la mine de plomb.

L. 258. H. 120.

98 *bis*. Page d'album. A la mine de plomb. A figuré à l'*Exposition d'art provençal*, 1906.

98 *ter*. Pages d'album. Trois dessins à la mine de plomb.

MINIATURES

99. Portrait de jeune Femme au voile. Miniature signée : Blanchet.

99 *bis*. Portrait de Femme.

100. Portrait d'homme, à habit brodé.

100 *bis*. Portrait d'Homme. Miniature signée : Valette?

100 *ter*. Portrait d'Homme. Miniature *signée* : Savrin, et datée : 1791.

100 (A). Portrait supposé de Charlotte Bonaparte, fille de Lucien.

100 (B). Portrait d'une actrice. Miniature signée : Vincent.

100 (C). Portrait du Lieutenant de St-Arnaud. Miniature signée et datée : 1831.

100 (D). Tabatière écaille ornée d'une miniature.

100 (E). Sous ce numéro, il sera vendu plusieurs miniatures non cataloguées.

OBJETS D'ART

101. Buste de femme en ivoire sculpté, la poitrine nue.

102. Buste de femme en ivoire sculpté. Travail Italien.

103. Groupe en ivoire sculpté. Vierge assise sur un trône à arcature, tenant l'Enfant-Jésus sur ses genoux.

104. Statuette d'enfant en ivoire sculpté, avec traces de rehauts de peinture. Ancien travail Espagnol.
Haut. 0,38.

105. Statuette en ivoire sculpté : Sainte-Madeleine couchée, tenant un chapelet. Fin xvie siècle.

106. Deux plaquettes en os sculpté : Hommes debout. Travail antique.

107. Statuette en ivoire : Saint en extase. Socle formé d'un fragment de bois appliqué d'un secteur d'ivoire sculpté.

108. Trois médaillons en ivoire sculpté. Portraits de Henri IV — Portrait d'homme et Portrait de femme.

N° 82 du Catalogue.

109. Coffret rectangulaire en ivoire, offrant sur le couvercle et sur les côtés des plaquettes sculptées à figures de personnages, de musiciens et de scènes de chasse. Italie xve siècle. A figuré à l'Exposition rétrospective de 1900.

Haut. 0,08 c. Long. 0,17. Prof. 0,12.

110. Plaque en ivoire sculpté en creux et en relief. Hercule étouffant Antée. Ancien travail Italien.

111. Petite plaquette en ivoire sculpté: Le Christ et trois apôtres. Travail Français, xve siècle.

112. Volet de diptyque en ivoire sculpté, représentant la crucifixion. Travail Français, xive siècle.

113. Plaquette à écrire en ivoire sculpté, représentant la mort de la Vierge. Travail Français, xive siècle.

114. Plaque de baiser de paix, de forme cintrée, en ivoire sculpté. La Crucifixion. Fin du xve siècle.

115. Médaillon en ivoire offrant le profil de Napoléon Ier, en relief; signé de Norac. Cadre à gorge en ivoire orné d'un cercle en bronze ciselé et doré.

116. Boîte ronde en ivoire, ornée sur le couvercle d'un buste de l'Impératrice Joséphine, sculpté en relief.

117. Boîte en poudre d'écaille avec couvercle orné de deux petits bustes, portraits présumés de Nini et de sa femme, xviiie siècle. A figuré à l'Exposition rétrospective de 1900.

118. Boîte ronde doublée d'écaille brune avec, sur le couvercle, un buste en ivoire sculpté, profil présumé du Bnu de Suffren. XVIIIe siècle.

119. Poire à poudre en corne sculptée et gravée à figure de femme symbolisant la Force. Monture en fer. Fin XVIe siècle.

120. Poire à poudre en corne gravée à figure d'homme debout, monture en fer. Allemagne, fin XVIIe siècle.

121. Arbalète à fût en bois marqueté d'ivoire gravé offrant en décor des paysages et personnages. Travail Allemand, XVIe siècle. 500

122. Groupe en terre cuite : Jeune faunesse assise sur une peau de lion ayant près d'elle un tambourin. Elle presse contre sa poitrine une grappe de raisin et tient, de la main gauche, une amphore. Esquisse très poussée, pouvant être attribuée à Clodion. 950

Haut. 0,24.

123. Groupe en terre cuite. Deux amours combattant. XVIIIe siècle.

124. Petite statuette en terre cuite. Enfant symbolisant l'Agriculture. École Française XVIIIe siècle.

125. Groupe en terre cuite. Deux enfants assis au milieu de rochers et s'enlaçant. Ecole Française, XVIIIe siècle.

126. Bas-relief en terre cuite polychromée représentant la Vierge vue à mi-corps, drapée et voilée, tenant l'Enfant-Jésus dans ses bras.

127. Cadre de forme architecturale en bois sculpté et doré, à fronton cintré. Travail Italien de la fin du XVe siècle.

Haut. 1m10.

128. Petit cabinet en bois noir, inscrusté d'ivoire gravé, décor à figures et rinceaux, s'ouvrant à deux volets et huit tiroirs à l'intérieur. Italie XVIIe siècle.

129. Petit cabinet en bois clair et bois de couleur, marqueté et orné de plaquettes et de filets d'ivoire incrusté et gravé.

Il s'ouvre à abattant avec décoration marquetée à fleurs, insectes et instruments de musique, avec sept tiroirs à l'intérieur. Italie XVIIe siècle.

130. Coffret rectangulaire en bois sculpté offrant sur le couvercle deux hommes se battant à l'épée.

131. Coffret rectangulaire décoré au vernis, à bouquets de fleurs et rubans sur fond jaune, XVIIIe siècle.

132. Deux bas-reliefs d'applique, en bois sculpté: Ste Marthe debout et évêque mitré, debout, tenant à la main un livre sur lequel est un poisson, XVIe siècle.

133. Ancien groupe en bois sculpté, en partie doré : La Vierge et l'Enfant Jésus.

134. Miroir avec cadre en bois sculpté en haut relief, offrant en décor, des scènes de faunes et de faunesses, au milieu de motifs divers et coquilles d'ornement. Travail Italien. 100.-

135. Trois pièces en ivoire sculpté en relief, à personnages.

136. Moule à pâtisserie en bois gravé.

137. Haut-relief en marbre, à sujet de style antique : Bacchante et satyre vus à mi-corps.

138. Statuette en bronze italien " Mercure ". 350.-

FRAZIER-SOYE

GRAVEUR-IMPRIMEUR

153-155-157, Rue Montmartre

PARIS

www.ingramcontent.com/pod-product-compliance
Ingram Content Group UK Ltd.
Pitfield, Milton Keynes, MK11 3LW, UK
UKHW021031260726
13994UKWH00005B/2077

9 782329 465296